© 2022, association Arts'Zilhac
Édition : BoD – Books on Demand,
12/14 rond-point des Champs-Élysées, 75008 Paris
Impression : BoD - Books on Demand,
Norderstedt, Allemagne
ISBN : 9782322394128
Dépôt légal : Mars 2022

L'être suprême

Caroline Lhopiteau

Il se faisait toujours un point d'honneur à arriver le premier chaque matin au bureau. Personne ne cherchait à lui ravir ce score admirable auquel il était le seul à attacher du prix mais, comme il l'ignorait, il en tirait une véritable fierté. La journée du lundi commençait invariablement par le même petit geste. Il ouvrait son agenda et parcourait d'un œil absorbé les rares rendez-vous de la semaine, avant de tracer avec sa règle un trait oblique sur le samedi. Un trait bien net au stylo et pas au feutre. Une fois le trait accompli, il ne refermait pas l'agenda mais le plaçait ouvert face à lui, durant la semaine entière. Le vendredi soir, avant de regagner son logis, il le refermait enfin, pour mieux le rouvrir le lundi matin.

Le sens exact qu'il convenait d'attribuer à cet étrange rituel restait assez obscur et personne n'aurait eu l'outrecuidance de poser la moindre question, même si les hypothèses les plus rocambolesques circulaient dans son entourage. La plus vraisemblable d'entre elles consistait à penser qu'il craignait de confondre le samedi avec un jour ordinaire de la semaine. Ainsi, barrer ostensiblement ce jour précis consistait sans doute pour lui le moyen le plus efficace, qu'il se félicitait probablement chaque vendredi d'avoir inventé, de ne pas prendre inutilement le chemin de son bureau, le samedi matin. Toutes ses journées étaient en fait ponctuées par l'accomplissement de petites manies qu'il avait élevées pour sa part, au rang de principes essentiels car il n'était pas question, pour lui, de commettre un acte discordant : l'angle d'inclinaison de sa lampe, le nombre de trombones dans son tiroir, le diamètre parfait de son bâton de colle qu'il faisait fabriquer sur mesure ou encore la place exacte de son agrafeuse sur sa table de travail.

Rien n'était laissé au hasard ; ainsi, il n'utilisait jamais de crayon de papier : seul le criterium à mines, muni d'une gomme à son extrémité était admis. Il arrosait ses plantes vertes tous les mercredis à

13 heures, buvait uniquement de l'eau de source et jamais d'eau minérale et faisait désinfecter son bureau après chaque réunion. Il rédigeait exclusivement sur des blocs de grand format mais à petits carreaux et n'utilisait jamais d'encre noire.

La cérémonie de préparation du café était également pour lui essentielle et il pouvait s'avérer sans pitié lorsque la mixture n'était pas confectionnée selon ses instructions : 30 cl d'eau pour deux mesurettes de café en grains, fraîchement moulu. Pas davantage mais certainement pas moins non plus. Rien qu'en humant le breuvage, qu'il appréciait noir et sans sucre, il savait si le dosage utilisé était ou non correct et ordonnait alors de recommencer l'opération lorsque le goût s'écartait de cet équilibre idéal. Cette même névrose du détail le conduisait également à opérer une sévère sélection du vocabulaire utilisé en sa présence. De cette manière, il ne supportait pas que l'on prononce une liste de termes qu'il avait consignés avec soin sur une feuille de papier épinglée sur la porte de son bureau. Selon le jour ou l'humeur du maître, le contrevenant bénéficiait d'un cours gratuit et fastidieux sur le maniement de la langue française ou tombait définitivement en disgrâce.

Il s'exprimait toujours lui-même avec des mots choisis au plus juste de sa pensée car il se considérait comme le gardien absolu du temple de la sémantique. Originaire de la ville d'Uzès, son enfance avait baigné dans la culture locale mais surtout les leçons strictes de sa mère qui n'admettait aucun faux pas et l'encourageait à penser qu'il était supérieur aux autres. Appliquant sans discernement ces bons préceptes, c'est ainsi qu'il fut jeté à coups de pied par le principal de son dernier lycée à qui il avait conseillé de reprendre des cours du soir. Totalement perverti par cet héritage terrifiant, il passait le plus clair de son temps à corriger, censurer, rectifier, dénaturer ce qui avait été réalisé par les autres. Aucune tournure de phrase n'avait grâce à ses yeux, l'idée était toujours imparfaite, la virgule mal placée et le verbe imprécis. Lui seul savait, lui seul existait. Il était là pour ouvrir la voie de l'excellence à ces pauvres hères incultes, qui lui devaient reconnaissance et prosternation pour la bienveillante fatuité avec laquelle il consentait, lorsqu'il y était disposé, à descendre à leur humble niveau. Pour autant, il ne rechignait pas, lorsque l'occasion s'en présentait, à cultiver avec un art consommé, la récupération intellectuelle des idées d'autrui. Il le pratiquait avec un si grand naturel qu'il en oubliait presque instantanément la vraie paternité de la géniale trouvaille, pour se l'approprier avec un aplomb que personne n'osait lui revendiquer, par crainte de représailles. Il passait ainsi pour un être brillant et créatif alors que ses séduisants atours n'étaient dus en fait qu'à une habile imposture.

De petite taille, il se tenait le dos bien droit et était toujours habillé du même complet sombre, quelle que soit la saison. Il était en effet très radin et ne renouvelait sa garde-robe qu'à l'occasion des soldes et encore, en attendant la troisième démarque. La plupart du temps, le vêtement n'était pas à la bonne taille ou présentait une malfaçon manifeste mais l'essentiel résidait dans le prix payé et non dans l'allure générale. À de rares occasions, lorsqu'il était invité à une quelconque cérémonie officielle, il arborait alors avec pompe et arrogance un ridicule costume marron en lainage, à fines rayures blanches, complètement démodé. Des effluves entêtants de moisi et de naphtaline l'accompagnaient la journée entière, à chacun de ses mouvements. Si la sortie de son habit de fête réjouissait et déliait les langues les plus moqueuses, l'odeur quasi pestilentielle qu'l fallait supporter en contrepartie, gâchait néanmoins le plaisir du bon mot.

En bon bègue repenti, il parlait lentement, d'une voix atone et faussement doucereuse et articulait les syllabes avec application, en prenant soin d'ouvrir bien grand la bouche. Le spectacle était généralement peu réjouissant mais comportait au moins le mérite de lui aérer le cerveau. Parfois pourtant, le barrage des émotions contenues cédait brutalement et il se mettait alors à trébucher misérablement sur les mots, les pupilles dilatées par l'effort qu'il fournissait pour reprendre le cours normal de son débit. Sachant que ces rechutes le rendaient vulnérable, il détestait instantanément quiconque s'en était trouvé le témoin malheureux. Car il aimait bien tracasser les plus faibles et n'était jamais autant satisfait qu'après avoir accompli quelques petits actes d'humiliation qui lui procuraient la jouissance du médiocre, d'une toute-puissance qu'il n'atteindrait jamais. Il rêvait d'être le premier et recherchait compulsivement, avec une sorte d'obsession maladive, l'admiration collective de ses semblables, seule juste récompense de son évidente supériorité. Il ne supportait pas la moindre contradiction et accordait la plus grande indifférence à toute opinion non-conforme à son propre mode de pensée, en bon énarque qui se respecte. Même s'il s'était classé dernier de sa promotion, détail sur lequel il glissait d'ailleurs avec une merveilleuse discrétion, il portait sa suffisance en boutonnière, à défaut d'y accrocher une décoration plus prestigieuse, longtemps convoitée mais jamais obtenue. À l'instar de ses congénères, il détenait la connaissance universelle, convaincu d'appartenir à une élite remarquable, ce qui l'autorisait à mépriser sans vergogne ceux qui avaient pourtant eu le bon goût de ne pas choisir la voie menant au formatage absolu de la pensée. En tout cas, l'estime démesurée qu'il nourrissait de lui-même lui permettait de vivre en pleine harmonie avec une personnalité, en l'occurrence la sienne, qu'il était le seul à apprécier, sans même s'en douter. Il se trouvait de fait très isolé car personne ne pouvait raisonnablement prétendre approcher son niveau d'excellence et il ne s'attardait donc pas à échanger le moindre point de vue avec quiconque de son entourage. Il était seul dans la vie aussi, assumant avec une certaine incompréhension un célibat qu'il s'expliquait mal, au regard de ses nombreuses qualités. En sus de ses indéniables aptitudes intellectuelles, il avait également la faiblesse de se juger bel homme, en dépit de sa grande mèche dégarnie plaquée sur le côté du crâne, qui s'envolait intempestivement au moindre coup de vent. Il avait bien failli pourtant à une époque, convoler en justes noces avec la psychiatre qu'il torturait chaque semaine avec beaucoup d'assiduité et qui n'était jamais parvenue à soigner sa pathologie avancée. Son esprit curieux aurait pu mener cette pauvre créature à sa perte si un sursaut de bon sens ne l'avait empêchée d'épouser un cas qu'elle n'avait pu résoudre en cabinet. Elle avait préféré interrompre les séances, au moment où les choses prenaient une tournure plus personnelle, plutôt que d'écouter son orgueil et son obstination, qui lui conseillaient d'en faire un sujet inédit de thèse. Il ne voulut jamais admettre que son ego avait été égratigné par l'affront infligé par cette indigne femelle. Des mois durant, tel un brûlant exutoire, il l'abreuva de poèmes d'Aragon qu'il signait en toute modestie, après avoir retravaillé certains vers, pour les améliorer bien sûr. Empathique et ampoulé, le style devint illisible, même pour un psychiatre aguerri. Depuis quelque temps, il était très contrarié car des phénomènes étranges avaient perturbé le cours paisible et prévisible de sa vie. Il avait noté à plusieurs reprises que son agrafeuse avait été déplacée de trois centimètres et demi. Il avait coutume de la ranger près de son ordinateur, dans un périmètre parfaitement défini mais depuis un jour ou deux, elle était systématiquement déplacée en dehors de cette zone. À cela s'ajoutait le fait qu'un mot avait été ostensiblement rayé de la liste qui figurait sur la porte de son bureau et une bouche pulpeuse, de laquelle sortait une langue bien rouge, avait été dessinée à la place, au feutre et pas au stylo. Il avait également constaté avec effroi que le café servi depuis plusieurs jours était confectionné à base de café soluble, dans lequel surnageait un abominable nuage de lait sucré.

Ces petits évènements le plaçaient dans un état d'extrême agitation. Il se sentait même au bord de la crise de nerfs car l'enquête qu'il avait menée ne donnait aucun résultat. Autour de lui, tout semblait normal et inchangé. Chacun lui marquait en apparence la même déférence compassée, aucune allusion ne circulait et sa secrétaire ne lui avait rapporté aucun potin notoire, qui aurait pu l'orienter avantageusement. Il savait pouvoir compter sur sa fidélité, qu'en toute lucidité il ne s'expliquait pas d'ailleurs, tant il prenait plaisir et soin à lui faire sentir aussi souvent que possible, qu'elle n'était rien. Plusieurs jours s'écoulèrent ainsi et peut-être aurait-il pu péniblement se résoudre à oublier ces incidents s'il n'avait constaté un matin qu'il manquait trois trombones dans son tiroir. Il en était certain car à chaque fois qu'il utilisait l'un d'entre eux, il le remplaçait automatiquement par un autre, afin d'en avoir toujours le même nombre.

Il n'en dormait plus, passant ses nuits à étudier fébrilement toutes les hypothèses, à ressasser tous les détails de cette descente aux enfers. Il ne quittait plus ni son bureau, ni son siège, refusant de se restaurer, par crainte qu'en son absence de nouvelles transformations n'interviennent. Mais rien n'y faisait. Chaque jour sur sa table de travail, un nouvel objet était imperceptiblement déplacé ou subtilisé.

Alors il devint fou.

Il s'arracha férocement un par un les poils de la barbe pour vérifier qu'il n'en manquât aucun et s'attaqua ensuite à ceux du pubis. Il se mit à pleurer bruyamment la journée entière et à pousser des miaulements désespérés, tel un chat en rut. Les yeux injectés de sang et le pelage sale, on le retrouva à plusieurs reprises accroché en haut des rideaux, lorsqu'il ne grattait pas la terre de ses plantes vertes, dans lesquelles il s'oublia aussi, à l'occasion. Un matin, il fut finalement emmené par des hommes en blanc et on ne le revit jamais. Dans le même temps, une étrange association dénommée « *La ligue pour l'extermination du Nuisible* » fut dissoute par ses membres, pour cause de réalisation triomphale de son objet unique.

Vacances de rêve...
Isabelle Hamet

Il n'existe qu'une seule image d'elle debout : un pastel bleuté représentant une petite fille aux boucles blondes, de dos, au coin, avec cette légende : « Clairette au coin, pourtant elle n'a pas été méchante. » Clairette, c'était le petit nom de Claire-Anne, la sœur aînée de ma mère. Elle avait contracté une poliomyélite à l'âge de 3 ans et malgré tous les efforts de son père, chirurgien, qui l'avait fait voir aux plus grands spécialistes et tenté de l'appareiller de toutes les façons possibles, la maladie fut la plus forte et signa la fin de la station verticale du petit pastel bleu. Clairette vécut donc le reste de sa vie assignée à résidence sur un fauteuil roulant. Elle s'accommoda plutôt bien de son sort et sa famille avec. Elle eut d'abord des enseignantes à domicile avant d'entrer dans une école tenue par des religieuses et dont les classes étaient de plain-pied. Clairette eut dès lors une scolarité normale, obtint sans difficulté ses deux bachots avant de se diriger vers des études de philosophie puis d'anglais. Il fallut alors inventer ; la ville de Saint-B. Étant trop petite, Clairette partit étudier à Rennes puis à Caen. Mais comment faire, sans jambes, pour prendre son indépendance ? Bien avant l'ère de la colocation, ses parents eurent l'idée de proposer à une étudiante de partager un logement avec leur fille en échange de quoi elle l'accompagnerait aux cours et l'aiderait dans le quotidien. Rapidement, Catherine N. débarqua dans la vie de Clairette pour qui elle demeura à jamais la meilleure et plus fidèle amie. J'ai toujours connu Clairette. Elle joua même, à son insu, un certain rôle dans le mariage de mes parents. C'est à Rennes qu'elle avait rencontré Henri H., brillant personnage et célibataire convoité, futur avocat et bâtonnier, avec qui elle partageait la passion du bridge. C'est à l'occasion de leurs fréquentes parties de cartes et de leurs tournois que mon père finit par remarquer la petite Moune, sa plus jeune sœur, de 13 ans sa cadette, dont il attendra les 20 ans pour l'épouser. Moune et Henri eurent cinq enfants dont je suis, moi aussi, la dernière. Clairette a donc toujours été dans mon paysage, partageant avec nous les vacances, les fêtes et autres événements familiaux. Mes grands-parents, prudents, avaient pris soin de stipuler, dans leur testament, que leur fille « valide » hériterait de la maison de famille à la condition expresse qu'elle y conserve, à vie, une chambre à sa sœur infirme. Ce qui fut fait sans discuter. Quand nous étions à Saint-B., Clairette partageait ma chambre, la seule à l'étage qui comportait des lits jumeaux. J'étais très impressionnée car, même si en général, en raison de mon âge, je me couchais avant elle, je la surprenais parfois, entre mes paupières discrètement entrouvertes, allongée sur le dos, telle une tortue, qui se défaisait seule de son corset pour mettre sa tenue de nuit. Quand nous allions tous passer l'été à T., au bord de la mer, Clairette s'installait dans « sa » chambre, au rez-de-chaussée, celle que j'adorais parce qu'elle faisait aussi un peu salon et où, souvent, elle nous invitait à venir jouer aux cartes ou à prendre le petit-déjeuner au lit avec elle. J'adorais me faufiler sous les draps à son côté et jouer avec la dînette miniature rangée dans le petit meuble en bois à son chevet. Pour se déplacer au dehors, Clairette possédait une voiture vélo, véritable trône à trois roues qu'elle faisait avancer à la force des bras en actionnant des sortes de pédales à main reliées à la roue avant à la hauteur du guidon. Le bonheur, pour la petite fille que j'étais alors, c'était d'éviter de remonter à pied la côte de la plage en grimpant sur une barre située derrière le fauteuil, de me tenir debout, bien accrochée au dossier, jusqu'à la maison. Plus tard, elle acheta une voiture à moteur qui était l'attraction du quartier et faisait la joie de mon frère, alors adolescent, qui multipliait les tours du pâté de maisons sous prétexte de démarrer l'engin qui pétaradait comme une mobylette. Elle l'équipa, à l'arrière, d'une petite plate-forme où les plus chanceux eurent le droit de s'asseoir et de faire, avec Clairette, triomphale au guidon, la tournée des commerçants du village pour rapporter les courses du jour. La seule chose que Clairette exigeait, sans le formuler, c'est qu'on ne parle pas de son infirmité. Le mot même ne fut jamais prononcé. Clairette était infirme, certes, cela se voyait, se savait, mais Clairette était beaucoup plus que cela. Plus tard, beaucoup plus tard, je l'appelai, pour me « vanter », ma « tante à roulettes », mais je ne le lui avouai jamais. Clairette avait tout de même besoin, pour vivre au quotidien, et principalement pour ouvrir ses volets le matin et l'accompagner au marché, d'une personne à demeure. Elle habitait à Paris un appartement en rez-de-chaussée avec une chambre réservée pour la personne « au pair », comme on disait alors. J'ai vu défiler Nevenka, Frosso, Gwendolyn, Enrico, Björn, Seamus, Heather, Gary, Michaël… de Yougoslavie, de Grèce, des États-Unis, d'Italie, de Suède, d'Irlande… La plupart devinrent et sont encore des amis. Clairette n'avait peur de rien et partait en voyage avec eux, les accompagnant jusqu'au cœur de la Californie où elle campa avec Gary et ses amis, goûta aux effluves de cannabis, fort en vogue à l'époque, riant surtout du chien qui avait abusé des restes de gâteau au haschisch et hurlait à la mort en dansant sur lui-même. Pour gagner sa vie, Clairette travaillait comme lectrice traductrice chez Gallimard et Albin Michel. J'adorais, jeune fille, l'accompagner à pied en poussant sa voiture jusqu'à la rue Sébastien Bottin ou jusqu'au boulevard Raspail, pour rapporter ou emporter de nouveaux livres. Dans les jours qui suivaient, Clairette partageait son temps entre la lecture d'un roman, couchée sur le lit installé dans son salon en écoutant un concert de musique classique, et son bureau, près de la fenêtre ouverte, où elle tapait à deux doigts ses fiches de lecture sur une machine à écrire dont le cliquetis résonne encore à mes oreilles. L'été de mes 15 ans, à la fin août, les amis étaient partis, je m'ennuyais ferme quand Clairette proposa que je l'accompagne en vacances en Tunisie. Elle connaissait bien ce pays, y avait des amis, on pourrait aller ensemble passer une semaine au bord de la plage et profiter de la fin de saison avant la rentrée des classes. Je jubilais. Partir en voyage, prendre l'avion, aller à l'étranger… Je pliais rapidement mes bagages et nous voilà à M., enfin près de M., dans un hôtel moderne et absurde, planté au bord de l'eau, à moitié vide et loin de tout. Nous partagions une chambre au rez-de-chaussée avec balcon face à la mer. Le bonheur. Des raisins frais pressés au petit-déjeuner, des après-midi sur la plage. Clairette adorait nager. Son fauteuil ne roulant pas sur le sable, je la portais sur mon dos jusqu'au bord de l'eau et la tirais au-delà de la barre de vagues trop difficile à franchir à la seule force de ses bras. En fin de journée, parfois, je plongeais dans la piscine en dégustant des fruits pressés et en attendant de dîner dans l'immense salle à manger quasi déserte. Un après-midi, j'entendis des rires aux abords du bassin. Deux enfants d'une dizaine d'années jouaient dans l'eau avec un beau jeune homme dont je ne manquais pas de noter, en m'approchant, la peau mate et le regard vert, qui m'observait discrètement. Je me tenais bien droite, surveillais ma démarche, tirais vaguement sur mon long T-shirt à petits dessins bleu pâle qui me servait de robe, couvrant à peine mes fesses, et que je portais avec une grosse ceinture à la taille, c'était la mode. Je sortais à peine de l'enfance, découvrais tout à la fois mon corps qui s'était transformé et le plaisir d'être regardée par les garçons sans très bien savoir comment tout cela allait se passer. Je posais ma serviette sur le transat de bois, me déshabillais en faisant attention à ce que mon maillot de bain soit bien en place, et rejoignis le bord de la piscine. Bientôt, les petits m'éclaboussèrent, ils parlaient en arabe, je continuais de nager, un œil aux aguets vers ce grand jeune homme que je trouvais décidément très beau. Il m'aborda, se présenta : K., il parlait très bien français, c'était un ami du propriétaire de l'hôtel, il jouait avec ses cousins, il venait là parfois, il habitait M., du moins durant les vacances, il avait 21 ans, étudiait la médecine à Strasbourg. J'étais sous le charme. J'avais 15 ans presque 16, me sentais grande, rentrais en seconde, j'ignorais tout de la vie, mais un garçon, un grand, un vrai, un beau, me regardait et me souriait… Il me proposa spontanément de me faire visiter le coin. Laurence, la seule fille à peu près de mon âge dans l'hôtel, en vacances avec ses parents, entrait dans l'eau. « Vous pouvez venir toutes les deux, je viens vous chercher demain avec mon cousin. » Laurence arracha l'autorisation à ses parents qui ne voyaient pas forcément d'un bon œil notre escapade mais puisque ce garçon connaissait le directeur de l'hôtel, puisqu'il venait nous chercher et nous ramenait... Clairette, elle, n'ayant jamais eu d'enfant, encore moins une adolescente, elle dit oui parce qu'elle ne voyait aucune raison de dire non. Le lendemain, il était là, il avait amené son cousin que je trouvais nettement moins beau. Nous montons dans la voiture et partons à la découverte des alentours. Je n'ai conservé de cette balade qu'un souvenir flou, en pointillé : la voiture qui roule en longeant la mer, la fenêtre ouverte, le vent sur mon visage, une plage où nous marchons... jusqu'à l'heure du retour à l'hôtel. « Oui, venez nous chercher ce soir, d'accord, c'est une bonne idée. » Nous sommes jeunes, stupides, surtout moi. À vingt heures, je me retrouve seule à attendre les chevaliers servants, Laurence n'a pas eu le droit de sortir, Clairette, elle, ne s'est pas méfiée. Le cousin a vite été reconduit chez lui : K. a une autre idée : il va me montrer sa maison, dans le village, il y a une belle terrasse sur le toit. Je trouve que j'ai bien de la chance, dommage pour Laurence, restée à l'hôtel, qui doit s'ennuyer avec ses parents. Nous montons sur le toit. J'ai mis ma jolie jupe portefeuille bleue que ma maman m'a faite, avec le chemisier en voile de coton à carreaux jaune, vert et bleu dont je suis si fière. La vue est somptueuse, je n'ai jamais vu de toits plats ni d'autres villages que ceux de ma Bretagne, j'ouvre des billes ravies, il fait doux, je suis la plus heureuse des filles. K. le sent, il se rapproche de moi, m'enserre de ses bras, m'embrasse délicieusement sur la bouche et me fait signe de m'asseoir sur ses genoux, sur le muret, pour mieux admirer le paysage qui vire soudain au cauchemar. À peine assis, il écarte ma jupe, passe sa main entre mes cuisses et bientôt je sens son sexe dressé entre mes jambes. Je bondis, comme un diable de sa boîte, mais tétanisée. « Ça va pas ? Qu'est-ce que tu fais ? T'es pas bien ? T'as perdu la tête ou quoi ? J'ai 15 ans, je ne couche pas avec les garçons, je suis vierge et j'y tiens, je ne me donnerai pas comme ça au premier venu... » Mais comment m'échapper d'ici, seule, en pleine nuit, dans un village désert, loin de cet hôtel planté seul au milieu de nulle part... À force de persuasion et de naïveté, de palabres et de supplications, de résistance et de capitulations, je réussis à sauver cette nuit-là, non sans difficulté, ma virginité mais perdis à tout jamais un pan de ma confiance en moi et beaucoup de ma confiance en l'homme. Le beau K. m'a arrachée définitivement à mes rêves et à mon penchant immodéré pour le romantisme et la poésie. Il a planté au fond de moi un chagrin silencieux, indicible. Je ne me souviens pas du trajet de retour au petit matin, j'ai tout oublié, sauf l'image de Clairette, endormie dans le lit à côté du mien. Elle qui n'avait pas connu les amourettes de 15 ans ni les assauts de certains hommes insensibles à la fragilité des femmes, dormait tranquille, confiante. Elle dormait, Clairette, et à mon tour, au petit jour, je m'évanouis. Je ne me souviens plus de rien, ni du réveil, ni du lendemain, ni des jours qui suivirent. Mais depuis cette nuit-là, j'abrite au fond de moi, à la fois comme intime et comme étrangère, cette honte absolue d'avoir été salie, abusée, trahie. Et je la cache peut-être un peu comme Clairette cachait son infirmité, à l'intérieur, enfouie, comme une fatalité, un destin, quelque chose d'irrémédiable, avec un brin de révolte silencieuse ou un grain de folie que l'on tait. Les années ont passé, Clairette est morte depuis longtemps. Je parviens à l'âge qu'elle avait alors : presque soixante ans ; je suis grand-mère et je pense à elle, souvent. Au vernis rouge qu'elle étalait avec soin sur ses ongles et à l'odeur d'acétone qui l'avait précédé. Aux collants fantaisie qu'elle choisissait avec soin pour cacher ses pauvres petites jambes qui ne lui serviraient jamais à rien. Aux Gauloises bleues qu'elle fumait comme un sapeur et écrasait parfois sous le coussin en cuir de son fauteuil roulant quand il n'y avait personne alentour pour lui apporter un cendrier. À son sommeil, cette nuit-là, à son insouciance au moment même où je perdais la mienne. Définitivement.

Le retour

Dominique

Le wagon bringuebale au gré des imperfections de la voie posée à même le sable. La locomotive ahane à la moindre ondulation d'un relief pourtant bien doux.
Je me rappelle les automnes brumeux, le vol des palombes dans le ciel moutonneux et le grisant parfum des champignons qui envahissent les sousbois d'arrière-saison. Je perçois déjà l'odeur entêtante de la résine. Je discerne le chant des huppes qui viennent nicher dans la forêt. Je distingue le chuintement du vent qui agite la cime des grands pins.

Je devine le bruissement des laies suitées de leur première portée de printemps dans les coulées d'ajoncs, de bruyères et de fougères naissantes. Un geai va bientôt zébrer le ciel de l'éclat bleuté de ses ailes. Dans quelques semaines la forêt va abandonner au vent une poussière qui va s'insinuer dans la moindre fissure et tout emmailloter avant qu'elle n'empreigne le sol en longs ruisseaux jaunes lors des prochaines pluies.

A la halte du train, je vais enfin rejoindre ce quartier familier d'où je suis absent depuis trop longtemps et retrouver l'airial qui a été, pendant vingt années, le théâtre de mon apprentissage du monde.

Le bourg, se dévoilera au détour du chemin, engourdi dans la tiédeur de ce printemps précoce et comme pétrifié depuis le jour de mon départ. Il est le témoin immuable des joies, des fêtes et des peines de ma communauté enfin retrouvée. Bientôt, résonnera le tintement du marteau du forgeron qui fabrique nos outils et retentira le son apaisant des cloches qui marquent Angélus et heures du jour. Je percevrai le chant des coqs, le gloussement des poules, le cancanement des canards et le bêlement des moutons qui pâturent aux abords du village. Tous ces menus tableaux dessinent la fresque de cette vie dont j'ai été si longuement privé.

Mila Diou ! Que le voyage a été long depuis l'enfer d'où je reviens !

Craonne ! Singulier nom qui résonne comme une éructation !

Craonne ! Sinistre terre sacrifiée à la fureur des hommes !

Là, se dressait une butte que l'on nommait Californie et dont j'ignorais qu'elle nomme pareillement une lointaine contrée gorgée de soleil, d'azur et de mer. Cette Californie-ci, sous un ciel livide, était pleine de froidure, de neige et de pluie qui rendaient la démarche hasardeuse au fond des tranchées recouvertes d'une mélasse de terre, d'eau, de chairs et de sang.

« *Adieu la vie, adieu l'amour, adieu les femmes. C'est bien fini, c'est pour toujours …* » chantait-on en catimini à l'écart des galonnés pour ne pas se faire épingler par le peloton. Les Prussiens nous accablaient de tant d'obus et de mitraille que point n'était besoin de risquer mourir sous les balles de nos camarades.

Le 5 mai 1917, à neuf heures, mus par l'inconscience qui transforme l'épuisement et la terreur en bravoure, nous nous sommes rués à l'assaut de la butte. Nous avons enlevé la crête dans un élan héroïque dont seuls font preuve les hommes désespérés. Nous y sommes restés arc-boutés de toutes nos forces pendant deux jours au prix de la perte de plus d'un millier de compagnons d'infortune.

J'ai échappé au carnage, cette fois encore, abasourdi de me sentir toujours vivant, mais tourmenté de culpabilité en découvrant alentour tous ces corps saccagés et béants. J'éprouvais une grande honte de ne savoir reconnaître aucun de mes camarades de souffrance dans ces pitoyables dépouilles brutalisées par le fer et le feu.

La douleur et la désespérance de cette tragédie, celles des autres et les miennes tissaient une chape glacée sur mes épaules. La barbarie des hommes dont j'étais le témoin miraculé me laissait orphelin de l'humanité. Je n'avais plus la force de hurler ma révolte et mon désespoir devant la monstruosité de mes semblables et ma propre bestialité.

Depuis que j'arpentais ces contrées désolées au gré des montées au front et des repos bien trop courts à l'arrière, j'avais perdu l'enchantement de ma jeunesse, oublié tout ce qui faisait mon ordinaire. J'ai vieilli à l'instant où j'ai découvert, au détour d'un boyau, mon premier cadavre de poilu, un inconnu de mon âge. J'ai croisé son regard vitreux qui semblait exprimer l'insondable douleur de ne plus pouvoir humer les parfums de la vie.

Moi, Célestin, fils de la Haute-Lande auquel un maître d'école est, obstinément, résolument et laborieusement, parvenu à apprendre à lire, écrire et compter.

Moi, Célestin que ma naissance vouait à être un paisible cultivateur-résinier.

Moi, Célestin, en un éclair, j'ai appréhendé une monstruosité pour laquelle je n'étais pas préparé mais qui s'imposait à moi au travers de cette guerre grotesque.

Alors, je me suis levé pour regarder le soleil qui venait enfin de déchirer les nuages. Je suis sorti du trou d'obus au fond duquel j'étais recroquevillé depuis des heures. Je me suis crânement dressé pour défier le monde.

Sur le quai, mère, père, frères et sœurs, parentèle et familiers, venus sur des chars bercés par le pas placide des mules, me feront cortège de leur amour. Les larmes vont ruisseler sur les joues, les gorges vont se serrer, les mains se nouer nerveusement. Tous auront revêtu leurs plus belles toilettes. Celles réservées aux occasions exceptionnelles. Ces habits qui les rendent si balourds et empruntés. Plus coutumiers qu'ils sont du fichu que du caraco, du béret que du melon, des galoches que des bottines. Il y aura aussi mon fidèle chien labrit, lui qui m'accompagnait derrière les moutons dont j'avais, gamin, la responsabilité.

Et puis, viendra la fille du résinier voisin, la tendre Maylis aux yeux à la fois doux et graves. Nous ne nous étions jamais promis, mais depuis, qu'enfants, nous marchions ensemble, nous avions tant de fois arpenté la forêt, partagé tant d'amusements, échangé tant de rires, emmêlé si souvent nos regards, entrelacé si fréquemment nos doigts que nous avions la conviction, sans nous l'être jamais avoué, que nous cheminerions éternellement côte à côte pour savourer le miel de la vie.

La machine siffle, crache et ralentit. Dans un instant, je vais rejoindre les miens, eux que je chéris et qui m'aiment en retour. Je vais enfin pouvoir goûter au repos et me laver de l'ignominie, aidé par ceux qui, depuis la nuit des temps, ont su trouver en eux et dans la bonté et le calme de leur existence placide, la force de rester debout, humains par-dessus tout. Ils parviendront, avec leur sagesse et leur humilité, à absoudre pleinement toutes les horreurs et tous les crimes dont ils ne peuvent même pas, avec leurs âmes simples, concevoir la folie meurtrière.

Le convoi stoppe enfin.

Quatre de mes amis d'enfance les plus chers montent dans le wagon à ma rencontre.

Ils se saisissent des poignées du cercueil dans lequel je repose, le hissent sur le corbillard et déposent un bouquet de narcisses fraîchement cueilli par Maylis en gage de son tendre attachement. Je suis enfin apaisé en retrouvant la terre de mes aïeux.

Escorté par ces gens à la mine trop grave, Maire et Curé en tête, je vais définitivement trouver paix au sein de ma terre, à l'ombre d'un petit chêne, tourné vers le soleil levant que j'aimais tant voir renaître chaque matin et qui m'a exposé au mitrailleur prussien au bord de ce trou d'obus.

Sur la modeste pierre érigée à ma tête, une main appliquée aura gravé quelques lignes pour témoigner, à l'avenir, de mon passage en ce monde. Elle restera l'unique repère de mon éphémère existence, lorsque ceux qui m'ont connu seront tous allongés à mes côtés et que plus personne, de par le monde, ne souhaitera se souvenir de l'horrible carnage dont je fus acteur, modeste certes, mais supportant ma part des crimes commis au nom des peuples.

L'arc du temps

Jean Luc Guitard

Rostaing, accoudé à un créneau, rêvait du haut de sa tour. Beaucoup plus bas et au-delà des toits du village la Tave écoulait son cours étroit et tranquille. Le Rhône roulait à l'est son flot puissant vers la mer et plus loin se dressait l'immense montagne, majestueuse et siège de grands mystères. Dans la plaine, sous un soleil sans pitié, s'étalaient les oliviers que son grand-père avait fait planter. Sa pensée, stimulée par la beauté du paysage et chevauchant quelques vers amoureux et aériens s'évadait vers le cœur de Clémence. Yvan, Charles et Élise ne se sont jamais rencontrés. Chacun ignore tout de l'existence des deux autres mais ils ont en commun de fréquenter régulièrement le même lieu, sans le savoir car ils y viennent à des moments différents. Yvan tôt le matin s'y arrête pour reprendre son souffle, c'est un jeune homme sportif qui court ses dix kilomètres deux fois par semaine. Charles est retraité, il y vient dans l'après-midi quasiment tous les jours, hiver comme été, et dès que la température le permet il s'adosse au tronc du vieil olivier et là, entre Saint Victor et Laudun, il se laisse aller à ses souvenirs. Quant à Élise elle est professeur, le jeudi après ses six heures de cours elle sort du collège, exténuée et elle a pris pour habitude de faire un petit détour pour s'aérer, se changer les idées, s'imprégner du calme que lui inspire cet arbre vénérable, avant de revenir chez elle où la journée n'est pas terminée. Un jour, dans la fraîcheur matinale et faisant sa halte habituelle, Yvan remarque un livre dans un creux du vieux tronc. Il hésite, le feuillette et en passionné de romans policiers il ne résiste pas à la tentation de l'emporter. Il le lit d'un trait, c'est un de ces polars qu'on ne lâche pas, il va enfin connaître le dénouement quand, désespéré, il constate que la dernière page a été arrachée. La frustration est immense, la construction du roman, parfaite et diabolique, est de celles qui vous coupent du monde et vous font frénétiquement tourner les pages jusqu'au dénouement… qui lui a échappé ! Le matin suivant il remet le livre où il l'a pris, avec l'intention très ferme de parvenir un jour à connaître la clé de l'énigme, même s'il ignore tout à fait comment il devra s'y prendre. Alors que le soleil est bien haut, Charles s'apprête à s'asseoir quand il distingue un bouquin que l'on a laissé dans une des nombreuses cavités que présente cet olivier plusieurs fois centenaire. Il hésite, prend le temps d'en lire quelques passages et le féru d'Histoire qu'il est ne résiste pas à la tentation de l'emporter. Il le dévore car il traite du passé de la Sabranenque. Il se passionne surtout pour la période des XIème et XIIème siècle. Mais c'est justement là qu'une main criminelle a enlevé une page cruciale. Le lendemain il le rend au vieil arbre et passe l'après-midi en compagnie des seigneurs de Sabran, tentant de trouver par l'imagination ce qu'il n'avait pu lire dans cet étonnant ouvrage, en espérant qu'un jour, sans savoir comment, il trouverait l'épisode lui faisant défaut. C'est un jeudi où Élise est fatiguée et en rogne, les élèves de 4ème très agités lui ont vraiment mis les nerfs en pelote, y a des jours comme ça. Rageusement elle tourne en rond sous le feuillage gris-vert. Quand, l'heure avançant elle décide de rentrer, son regard est attiré par un livre soigneusement disposé dans une des nombreuses anfractuosités qu'offre le bois de l'olivier. Elle hésite et finit par s'en saisir, elle sourit et en amatrice de poésie ne résiste pas à la tentation de l'emporter. Jusque tard dans la nuit Élise se délecte de merveilleux poèmes dans l'oubli des soucis de sa journée. Elle attend des vers sublimant l'Amour qui lui fermeraient les yeux sur un repos idyllique et bien mérité, mais près de la reliure elle découvre les traces de déchirure d'une feuille manquante. Très contrariée, elle règle son réveil un peu plus tôt pour avoir le temps de restituer l'ouvrage à l'arbre, son ami, et s'endort en se disant qu'il faudra entreprendre des recherches sans pour autant avoir le début de la moindre piste. Chacun de son côté, à mille lieues de penser qu'il n'est pas seul dans cette intrigante situation, aimerait mettre la main sur la page manquante mais comment et par où commencer ? D'autant que cet étrange ouvrage porte titre bien bizarre : « L'arc du temps » ! Yvan épuise Wikipédia, Charles visite toutes les médiathèques des alentours, Élise écume toutes les anthologies poétiques, mais rien, aucune trace nulle part de ce mystérieux bouquin. Le hasard, comme l'on dit, faisant bien les choses, un certain jeudi, Yvan, n'ayant pu courir le matin, décide de le faire après sa journée de travail, Charles s'attarde dans ses rêveries nostalgiques un peu plus que de coutume et Élise, qui n'a jamais rencontré personne en cet endroit, les trouve en train de discuter au pied de l'arbre séculaire. Après quelques banalités sur le beau temps et la douceur de la saison c'est Charles qui le premier évoque le livre. Au grand étonnement des deux autres chacun raconte alors son improbable découverte. Tous trois s'assurent avec force détails que, bien qu'il ait disparu, ils n'ont pas rêvé et qu'il s'agit bien du même objet. C'est le document d'Histoire locale que j'ai toujours cherché. Voyons donc ! C'est un policier haletant ! Mais pas du tout ! C'est un recueil de magnifiques poèmes ! S'étire alors un long moment de silence où se lit sur les visages une interrogation angoissée. Et l'échange sur la page arrachée est loin de les rassurer. C'est donc dans la plus grande perplexité qu'ils se séparent, rendez-vous donné le jeudi suivant à la même heure en ce même lieu, les voici désormais liés par un épais mystère. Cette nuit-là Élise fait un rêve très doux, un beau chevalier vêtu de blanc lui glisse dans l'oreille le plus charmant des poèmes d'amour. Yvan fait un noir cauchemar. Alors qu'il parvient, essoufflé, auprès du vieil olivier pour marquer sa pause. Un archer posté dans l'arbre l'attend, le vise et lui décoche une flèche ! C'était lui la victime de son polar ! Horrible ! Il se réveille en sueur, content de se sentir encore en vie. Charles a une nuit plus paisible, il découvre, dans les profondeurs du tronc noueux vers lequel il est discrètement revenu, un vieux parchemin qui relate une partie de la vie d'un des seigneurs du château de Saint Victor. Une semaine étant passée ils se retrouvent tous les trois, impatients de raconter leur rêve. Élise en rosit de plaisir, l'œil de Charles s'allume de curiosité et Yvan, lui, est blême. Charles, du haut de sa sagesse parle le premier pour remarquer que leurs songes sont venus, d'une certaine façon, combler le vide de la page arrachée, ce qui satisfait peu Yvan : Certes un arc pouvait tout à fait être l'arme du crime et le titre était une indication, mais en ce qui concerne la victime, c'est quand même un peu difficile à avaler. Après un long silence seulement troublé par le chant du vent dans les feuilles frémissantes de l'olivier Charles reprend : « Chacun a trouvé dans ce livre ce qu'il y cherchait et un songe est venu le conclure. Nous mettons une bonne part de nous-mêmes en chacune de nos lectures. Quand on termine une œuvre captivante elle héberge notre pensée pendant de longs moments encore et la nuit l'esprit y revient à sa façon. Ne cherchons pas plus d'explications, l'imaginaire et la réalité ne se mêlent-ils pas ? Nous dirons que c'est le grand mystère des livres, leur souffle abolit les limites du temps et de l'espace, il porte les pensées et les rêves, soyons heureux d'y être sensibles et d'avoir été choisis pour cette mystérieuse et merveilleuse histoire » Quand les ombres commencèrent à s'allonger, Rostaing abandonna son donjon et descendit dans la grande salle où l'attendait son écritoire. Il n'eut qu'à coucher les mots d'amour que son cœur lui avait dictés tout au long de l'après-midi. Puis il se saisit d'un deuxième parchemin pour y poursuivre son travail d'écriture pour l'Histoire, un témoignage sur sa vie, ses combats, sa famille. Demain il rencontrera cette sorcière, descendue des forêts de la grande montagne, d'où elle tire des pouvoirs surnaturels. Il lui demandera de trouver le meilleur moyen pour que son poème parvienne aux oreilles de Clémence et que ses écrits historiques soient transmis à la postérité. Pour ce rendez-vous la sorcière choisit parmi les oliviers de son grand-père celui dont le tronc se tordait déjà au bord du chemin. Elle n'était pas une vieille femme aux doigts crochus avec des verrues sur le nez, non, jeune et souriante elle inspirait plus de confiance que de crainte. Elle tendit la main vers les deux parchemins. « Mon Seigneur j'ai chargé le mistral, aujourd'hui léger, de porter vos derniers mots d'amour à votre douce Clémence, à l'heure qu'il est, il les lui susurre doucement et si ses cheveux sont à peine agités son cœur est bouleversé et bondit de bonheur. Mais je ferai aussi traverser les siècles à tous vos poèmes, je suis la seule à connaître un charme qui va satisfaire votre demande, il s'incarne en un jeune archer qui sait parcourir les générations mais qui restera toujours lié à cet arbre. Son chemin préféré est celui des songes et il sait trouver toutes sortes de stratagèmes pour attiser la curiosité. Je dois cependant vous avouer que c'est un inventif et un taquin, il lui arrive de jouer quelques tours. Mais soyez tranquille il ne trahira jamais votre pensée. Quant à moi je ne demande pas d'autre récompense que celle de savoir qu'à travers le temps vos jolis mots seront offerts à des rêveurs qui sous l'impulsion imaginative de notre archer les auront intensément désirés. Dans très longtemps en une époque bizarre et un peu folle, où votre château ne sera plus que ruines, je vois une jeune femme et un vieux monsieur, mais je ne connais rien du malchanceux sur qui notre facétieux messager aura jeté son dévolu. Quoi qu'il en soit rassurez-vous il ne s'agira que d'un mauvais rêve » « Affaire conclue, sorcière du Ventour, et laissons l'archer s'amuser mais que tout cela reste entre nous ». En lui-même, Rostaing refusait pourtant d'imaginer son château en ruines, et satisfait du pacte qu'il venait de conclure, il remonta lentement vers ses hauts murs qui lui parurent éternels.

Le Mulet

René Danlouède

En hommage à Alphonse Daudet dont les écrits m'ont donné le goût de lire.

On voyait encore la fumée à Pampérigouste, quand Tistet Vedène se releva péniblement, dépliant ses membres avec précaution et tâtant ses meurtrissures. Revenant lentement de son étourdissement, il se rappela les événements précédents : comment son espièglerie l'avait poussé à jouer des tours à la Mule du Pape en Avignon et comment la mule s'était vengée, par un coup de sabot. La rancune de l'animal, accumulée pendant sept ans, avait multiplié ses forces et Tistet avait volé bien haut dans les airs, mais les Provençaux sont solides et son atterrissage brutal ne lui avait rompu aucun os.

Il ramassa sa barrette, en redressa la plume d'ibis, regarda autour de lui et vit qu'il était tombé de l'autre côté du Rhône. Voyant au loin des gens d'armes, du Roi de France ou de Dieu savait qui, il se cacha dans un buisson pour reprendre son souffle et réfléchir à sa situation. Un instant, peut-être, ses paupières se fermèrent-elles, mais rien n'est sûr. Ce qui est certain c'est que, au milieu du chant des cigales, il entendit soudain un son qui le fit frémir de terreur. Ce coup de trompette qui finissait en mélodie de douçaine, ce braiement ricanant qui s'achevait en un hennissement, il ne pouvait s'y tromper, c'était la voix même de la Mule, la Très Sainte Mule qui triomphait de sa vengeance, et qui lui parlait, sinon du haut des cieux, au moins du sommet des remparts d'Avignon.

« Tistet Vedène — braya la Mule — je n'en ai pas fini avec toi.

— Hé quoi ! Sale bourrique, ne m'as-tu pas fait assez de mal dans ce monde ? Me voici loin des miens, loin du Pape qui me voulait du bien, dépouillé de tout, meurtri de partout... Aurais-tu la prétention de pourrir aussi ma vie éternelle et de m'envoyer en Enfer ?

— Ce serait trop facile, dit la Mule en riant... Je n'y aurais pas grand mal... tu saurais bien y arriver tout seul. Mais cela ne servirait de rien. Ce que je veux, c'est que tu apprennes à respecter les animaux, à ne pas te moquer de nous parce que nous ne savons point le Latin…

— Tu prêches bien, la Mule ! On voit que tu as eu de bons maîtres…

— Ne m'interromps pas. Je veux que tu comprennes qui nous sommes, nous que tes pareils appellent les bêtes… mais une vie d'homme n'y suffirait pas, pechère ! Alors tu vivras, Tistet Vedène, tu vivras aussi longtemps que tu n'auras pas racheté la désinvolture, l'insolence et le mépris avec quoi tu m'as traitée, moi la plus humble, la plus douce des Mules.

— Ta douceur… parle à mes fesses…

— Tais-toi. Donc tu ne mourras pas, tant qu'une autre Mule, qui viendra après moi, ne t'aura pas jugé digne de notre pardon. »

Tout le monde rêve d'être immortel, et Tistet Vedène, imaginant l'espace d'un instant les filles qu'il étreindrait, les coupes qu'il viderait, les chansons qu'il chanterait, allait remercier la Mule de ce qui lui semblait un merveilleux présent, quand celle-ci ajouta, de sa voix profonde que le jeune homme entendait peu à peu devenir presque mélodieuse :

« Tu vivras, te dis-je, jusqu'à ce que tu aies compris que pour être un mulet on n'est pas moins qu'un homme, et pour commencer tu vas en prendre l'apparence ! »

A cet instant même, Tistet éprouva une sorte de vertige, se sentit incapable de tenir debout, tomba à quatre pattes et vit avec horreur ses mains et ses pieds se changer en sabots, ses beaux habits de soie éclater et laisser voir qu'un cuir velu et brun remplaçait la douce peau duvetée d'or que la Reine Jeanne avait caressée. Il voulut crier, appeler au secours ou demander grâce, mais rien ne sortit de sa gorge qu'un « Hi ! Han ! » rauque et qu'il ne comprenait pas lui-même.

Ruant d'épouvante, la plume d'ibis fichée dans l'épaisseur de ses crins grossiers, il partit au galop, droit devant lui, et courut ainsi jusqu'à Roquemaure où, alors qu'il se désaltérait à un abreuvoir ombragé proche du château, un homme de mauvaise mine lui passa un licol et l'emmena. Vous pouvez bien penser que Tistet ne se laissa pas faire sans résister. Mais son état de mulet était si nouveau pour lui qu'il ne savait pas encore bien se servir de ses armes – et son adversaire, armé d'un solide bâton, le convainquit assez vite que la force primait le droit. Usant de la même pédagogie, il lui enseigna à porter tantôt le bât tantôt la selle, à mâcher un mors que des générations d'équidés malheureux avaient éprouvé, et à se laisser mener, chargé soit d'un pesant ballot soit d'un lourd imbécile. L'homme qui s'était ainsi emparé de lui avait peut-être été esclave ou galérien, ce qui était tout comme. Sans doute avait-il tué, certainement il volait et, à la fin du mois de juillet, il conduisit son mulet à la foire de Beaucaire, chargé du poids de ses rapines qu'il vendit à bon prix. A la fin, il vendit aussi l'animal, et disparut, emportant la plume d'ibis pour la donner à quelque ribaude.

Le mulet, que nous continuerons de nommer Tistet Vedène, par la force de l'habitude, était un assez bel animal au poil couleur de châtaigne, dont le crin noir et dru ébauchait, au garrot, une ombre de croix noire, attestant que sa mère était de Provence. Il n'était pas très grand, mais râblé, de pied agile, et, instruit par l'expérience, il évitait tout sujet de querelle avec homme ou bête, tendait poliment son sabot au maréchal et laissait facilement examiner ses jolies dents couleur d'ivoire, qui témoignaient de sa jeunesse.

Ceux qui n'ont pas connu le commerce des chevaux et des mules en auront une idée par celui des automobiles d'occasion, qu'il faut se hâter de céder juste avant que ne s'imposent les plus grosses réparations. C'est toujours à la fleur de l'âge qu'on revendait l'animal, tant qu'il pouvait encore gagner son avoine à la sueur de ses flancs, acquéreur et vendeur trichant toujours un peu pour estimer l'âge de sa retraite. Or Tistet Vedène, étant immortel, ne vieillissait pas, si bien que tous les trois ou quatre ans, pour la Saint Jean ou pour la Saint Martin, sa longe passait d'une main à l'autre, et deux hommes, convaincu chacun d'avoir berné l'autre, se topaient dans les mains et allaient boire un coup à l'auberge.

Du temps passa. Beaucoup de temps. Les Papes quittèrent Avignon. Il y eut des guerres, des famines et des épidémies. On bâtit, on rasa, on brûla, on massacra. Tistet Vedène vit tout cela et ne s'en mêla point, puisqu'il n'était qu'une bête. Patiemment, silencieusement, il fit son travail de mulet, arpentant sans cesse les chemins entre les sombres Cévennes et la riche vallée du Rhône, pataugeant dans les marais de Camargue, usant ses fers sur les cailloux de la garrigue, et couchant ses oreilles dans le sens du vent quand celui-ci soufflait trop fort. Il porta des moines gras au sac plein d'indulgences et des ministres maigres à la besace enflée de livres. Il porta la marchandise de contrebandiers qui l'abandonnèrent pour n'être pas pendus. Il porta des sacs de grain et des sacs de farine, il porta des nonnes et des catins, des bourgeois et des estafiers. Un jour même il porta le Curé de Cucugnan et son Saint-Sacrement, vit les gens s'agenouiller sur son passage, et n'en fut pas plus fier pour autant.

Parmi les animaux, Tistet Vedène se fit, peu à peu, une grande réputation. Incapables de mesurer sa longévité, ils respectèrent son expérience. Les petits ânons espiègles apprirent à ne pas troubler son repos, les chiens des mas le saluaient d'un bref aboiement et restaient prudemment hors de portée de ses sabots, et si quelque jolie mule, ou quelque jument effrontée lui faisait des avances, après tout quel mal pouvait-il y avoir à se donner un peu de plaisir qui n'aurait point de conséquences ? Le sage mulet, pourtant, se mettait quelquefois en colère en voyant maltraiter quelqu'un des siens. Quelle que soit son espèce. Âne aussi bien que mule ou que cheval, vache, cochon ou couvée, et le chien du berger comme le dernier agneau transi, il les voyait tous semblables à celui qu'il était devenu, parce que tous différents de celui qu'il avait été. On racontait qu'un jour, alors pourtant qu'il allait lourdement chargé d'oules, il avait couru botter un fort valet de ferme qui fouettait un âne attaché à un arbre, un peu comme l'aurait fait Don Quichotte pour un petit berger. Une autre fois, un joli-cœur d'alezan tout frisé ayant prétendu passer devant tout le monde à la mangeoire, sous prétexte qu'il était le palefroi d'un grand seigneur, le Mulet l'avait marqué de ses quatre fers et remis au bout de la queue, soufflant dans ses naseaux qu'entre bêtes, il n'y a point de rang que celui du travail, qu'entre animaux de bât seul compte le poids qu'on porte, et que, sur la selle, le cul d'un gueux vaut tout autant que celui d'un gentilhomme.

Ainsi vécut longtemps Tistet Vedène, paisiblement, car ayant changé de nature il avait perdu les facultés d'envie et de métaphysique qui gâchent la vie des hommes. Les années passèrent. Et puis, en l'an de grâce 1629, au début de l'été, son maitre d'alors, un marchand d'étoffes, s'arrêta dans la bonne ville d'Uzès, alors tout agitée d'une considérable nouvelle. Le Roi, le Roi lui-même, et non seulement le Roi, mais l'Eminentissime cardinal-duc de Richelieu avec lui, étaient en route pour Uzès. C'était, bien sûr, pour faire la paix. Mais chacun dans la ville avait quelque raison de se méfier, et tout ce qui comptait pour quelque chose s'entendit pour faire aux visiteurs le plus aimable accueil. On se battit un peu pour décider du droit que tel ou telle aurait de porter du velours bleu, du satin blanc ou du brocart vermeil, mais on finit par s'accorder, et le marchand vendit fort cher les soieries, les dentelles, et toute la passementerie qu'il avait eues à bon marché sur le port de Marseille, à la vente des prises d'un pirate d'Alger. Ayant fait ses affaires, et n'ayant plus rien à faire porter à son mulet, il le céda à l'aubergiste en paiement de son écot, et se hâta de repartir sur un mauvais bidet, sachant que les petites gens ne peuvent attendre rien de bon des grands événements.

L'Hostellerie du Merle était la meilleure auberge de la ville, un peu en-dehors des remparts, et l'hôte était un brave homme qui avait intelligemment su vivre au milieu des querelles du temps, sachant rendre service, équitablement, à chacun des partis au moment opportun. La maison était grande, et il y avait, au fond de la calade, près d'une venelle animée du babil des femmes descendant au lavoir, un petit bout d'ancienne étable où il installa son mulet. Dans la grande écurie, plus haut, dormaient les chevaux de poste et ceux des voyageurs. On approchait des fêtes de la Madeleine et, entre les préparatifs de la visite royale et les gens qui se pressaient vers la foire de Beaucaire, l'agitation était à son comble, comme on peut bien l'imaginer. Le mulet quant à lui, n'ayant pas grand-chose à faire, se reposait, trouvant bon le fourrage, goûtant l'eau comme il avait jadis goûté le vin de Chypre, et appréciant la fraîcheur de l'étable.

S'il avait encore su compter, il se serait dit qu'il y avait près de trois siècles qu'il ne s'était pas senti si bien.

Vint alors un marquis, maréchal-des-logis emplumé de gris, qui courait en avant pour préparer la royale étape. On sut que le Roi, qui était partout chez lui, dormirait dans une sienne maison en ville. Évêque, abbés et chanoines s'étaient disputé l'honneur d'accueillir le tout-puissant Ministre, mais la fine mouche avait décidé de n'honorer personne, et viendrait à l'auberge. Vous pensez, quel remue-ménage !

« J'allais oublier, dit le Marquis avant de partir : Il faut loger la mule de Monseigneur le Cardinal. »

C'est que, dans le grand apparat de cette visite, l'Eminence devrait déployer toute l'ampleur de sa pourpre sur la croupe de sa mule de cérémonie, car il ne pouvait ni venir en carrosse avec le Roi, ni monter à califourchon comme un simple duc. Au surplus – mais le Marquis ne le dit pas – Richelieu souffrait alors d'un mal impertinent, qui lui valait pour la racaille d'être nommé « au cul pourri » : il ne pouvait donc s'accommoder de la rigueur d'une selle ordinaire. La mule cardinalice, animal délicat, ne saurait quant à elle accepter la compagnie des chevaux de l'escorte et leur grossièreté toute militaire. Elle ne devait pas non plus rester seule, et s'ennuierait sans la compagnie d'un congénère bien élevé. Si bien que Tistet Vedène vit venir des valets et des pages, installer un bat-flanc, ajouter de la paille, remplir le râtelier, et nettoyer l'abreuvoir. Ignorant qu'il entendait le langage des humains, on ne se gênait pas pour parler devant lui, et il sut ainsi quel illustre animal allait loger près de lui. D'abord, il se méfia un peu, songeant qu'une mule d'Eglise, autrefois, avait causé ses malheurs, puis il se dit qu'après tout, ses malheurs, il les avait bien cherchés lui-même ; et il écouta. Il entendit que la rancune des Princes et des Rois peut être aussi tenace que celle des mulets, et que le premier cadeau de ceux-ci à la ville allait être d'éventrer ses remparts. Il savait que la haine des hommes, impuissante contre les Grands, s'assouvissait toujours sur les petits. Il comprit qu'il y aurait plus de crainte que de respect dans les révérences et que quelque coup bas n'était pas impossible, et il décida d'ouvrir l'œil.

Enfin la Mule arriva, quelques jours avant le Cardinal, afin qu'elle fût bien reposée, bien disposée, bien brossée et bien pomponnée pour cette entrée fracassante dont on parlerait encore pendant des siècles. C'était la plus belle des mules, de ce gris pâle et moucheté qui passe pour du blanc ; Tistet l'ancien moutardier se dit qu'elle ressemblait à l'Autre. Tistet le mulet allongea son encolure pour lui faire compliment. Plus timide que fière, mais fière tout de même, elle répondit d'un hochement d'oreilles et se coucha sur la bonne litière. Pendant qu'autour d'eux tout le monde s'affairait à dresser des arcs de triomphe, à tendre des banderoles et à répéter des hymnes, ils devinrent bons amis. Elle n'était pas causante et Tistet gardait ses secrets, mais ils se comprenaient.

Dans la nuit précédant le grand événement, un homme entra furtivement dans l'écurie. Tistet, qui veillait, le vit s'approcher de la mangeoire avec un bouquet d'herbes qu'il savait redoutables. Il imagina aussitôt ce qui allait se passer, la Mule prise de coliques pendant le défilé, le cardinal et son chapeau roulant dans la poussière, la mauvaise jouissance de la foule et la colère du Roi. Il s'ensuivrait des morts, et d'abord la jolie Mule certainement serait sacrifiée. Alors le Mulet, rassemblant ses forces, rendit au malfaisant le coup reçu jadis, l'expédiant à travers le toit plus loin que Belvezet. La Mule le regarda, alors que de son sabot il écartait délicatement les herbes vénéneuses, et elle parla : « Merci, Tistet Vedène — dit-elle — tu es un brave mulet, tu as bien mérité de te reposer maintenant. Reprends ta place parmi les tiens… » Le Mulet entendit les derniers mots se transformer en un doux hennissement incompréhensible et sentit se défaire autour de lui la forme qu'il s'était habitué à considérer comme sienne.

Au matin, on trouva près de l'Éminentissime Mule le corps d'un très vieil homme, en haillons de satin rose à la mode d'un temps jadis. Comme il n'avait sur lui ni médaille ni livre, on l'enterra bien vite, et on n'en parla plus. La Mule seule, lorsqu'avec le Cardinal et le Roi elle franchit en cérémonie la brèche du Portalet, versa une petite larme que nul ne vit. Ainsi finit Tistet Vedène.

Sa poussière est depuis longtemps dispersée dans le sol, mais un grand cyprès marque toujours ce qui a été sa tombe, au coin de la venelle et d'une rue en pente. Tous les animaux du quartier s'y arrêtent pour signifier leur respect, et je veux bien être changé en âne si cette histoire n'est pas la pure vérité.

Le rêve d'une vie

Christophe Meseure

Il considère ses amis de l'étage inférieur du Pont du Gard, à vingt-deux mètres de hauteur. Et maintenant, le clou du spectacle ! Un plongeon avec double salto avant ! Par cette annonce protocolaire, l'apprenti cascadeur ne veut pas tant impressionner ses copains que Daniela, la belle pour qui son cœur bat depuis le début de l'été. Il grimpe le muret de pierre servant de garde-fou et braque les yeux sur la rivière. Les regards se figent ; le silence s'abat ; le temps se suspend. Aucun de ses amis n'ose rompre cet équilibre fragile, de peur de provoquer un drame. Tous sont taraudés par la même question. Ne faudrait-il pas le raisonner, l'empêcher de prendre tout risque inconsidéré ? Par ce flottement dans leur comportement, l'adolescent s'avise de la gravité du geste qu'il s'apprête à effectuer. Mais il est trop tard pour faire machine arrière. Sa réputation en souffrirait et son image auprès de Daniela s'en trouverait ternie. Il inspire profondément, regarde une dernière fois celle qui occupe toutes ses pensées et...

Trevor est allongé sur le dos. Les paupières fermées, il est absorbé dans son rêve. Il apprécie ce moment durant lequel il mène une existence normale et, mieux encore, semblable à celle qu'il lui plairait d'avoir. Il s'y sent vivre pleinement, alors qu'à peine quelques mois plus tôt, se donner la mort était sa seule aspiration. Oui, il voulait en finir. Selon lui, la vie ne valait plus la peine d'être vécue. C'est une explication éculée, mais la mort lui offrait tellement plus de perspectives. Car même à envisager le pire, celui où elle ne serait qu'une fin de tout ce qu'il a été, ne pouvait-elle pas lui apporter la délivrance espérée ? Mourir, d'accord sur l'idée. Mais comment ? Cette question l'a travaillé des mois, et puis, avant qu'il n'ait le temps de mener à bien son projet funeste, de commettre l'irréparable, on lui a parlé d'une plante, la caléa zacatechichi, encore appelée « herbe rêveuse ». Grâce à elle, il s'est initié aux rêves lucides. Ceux dont on exerce le contrôle... Le moment fatidique arrive. Celui où il va se lancer dans le vide.

Il est prêt à plonger. Le Gardon ruisselle tranquillement et, de son point d'observation, ressemble presque à un bref ruisseau tant le printemps dernier s'est révélé aride. Sa bande d'amis demeure bouche bée, dans l'expectative de ce qu'il va faire, ou ne pas faire. Il hésite et déglutit face à ce vide qui lui donne l'impression de l'aspirer. Pourrait-il feindre la glissade pour ne pas avoir à réaliser cette figure particulièrement dangereuse qu'il a si crânement annoncée ? Il pense à Daniela. Opter pour le saut plaiderait sûrement en sa faveur. S'il le réussit, tout du moins. Il tourne la tête vers les autres. Ils sont toujours là, spectateurs plus captivés que jamais. Sans hésiter davantage, il ferme les yeux et se jette dans le vide. En à peine plus d'une seconde, son corps vrillant est accéléré sous l'effet de la pesanteur et s'écrase lourdement dans la rivière. Après l'immersion, le silence retombe, plus oppressant qu'auparavant. Des ondes circulaires s'éloignent du point d'impact jusqu'à disparaître totalement puis... plus rien. Dix secondes en valant mille s'écoulent. Soudainement, il jaillit de l'eau, prend une profonde inspiration et pousse un cri de victoire. Le soulagement supplante instantanément l'inquiétude. Des hurlements de joie accueillent le nouveau héros de la bande, qui rejoint fièrement ses amis sur les galets. Daniela l'embrasse sur la joue. Il est heureux.

Trevor esquisse un sourire. Quel moment incroyable ! Quel rêve magnifique ! Il l'a sûrement fait des centaines de fois avant aujourd'hui, mais y prend toujours autant de plaisir. La minute de stress est derrière lui à présent, la suite est d'une douceur exquise. C'est comme cela que les événements auraient dû s'enchaîner…

Il marche au côté de Daniela, le long de la rivière. Il lui a proposé un peu plus tôt de l'accompagner, pour faire un tour. C'est bien volontiers qu'elle a accepté son invitation. Il la trouve plus rayonnante que jamais. Alors que leur conversation porte sur des banalités, il fait un effort pour vaincre sa timidité et lui prend la main. Elle ne le repousse pas. Au contraire, elle semble en être très heureuse. Quelle agréable impression que celle de sentir sa peau ! Quel merveilleux sens que celui du toucher ! Il a déjà l'intention de l'embrasser, quand le moment sera opportun, car il ne veut surtout pas la brusquer. Ils doivent rejoindre les autres moins d'une heure plus tard. Le jeune homme aurait tellement préféré passer le reste de l'après-midi avec elle, rien qu'avec elle. Alors qu'il se morfond de cette organisation qui ne l'arrange pas, elle ralentit le pas, s'arrête, le regarde tendrement, puis pose ses lèvres sur les siennes. Oui, lui demander d'aller se promener fut une brillante idée. L'attention de Trevor est détournée par le bruit, à peine perceptible, d'un déplacement près de lui. Il reconnaît le son subtil des chaussons de sa mère sur le parquet. Il ne l'a pas entendue entrer dans sa chambre. Il doit résister, rester concentré sur son rêve. Le meilleur est encore à venir.

Il passe tout son temps avec Daniela. Ses baisers sont d'une fraîcheur délicieuse. Il l'aime. Il ne pourra jamais en aimer autant une autre. Alors qu'ils longent la rivière, une inspiration inattendue le pousse à déprogrammer le rendez-vous au bar du camping. Il préfère aller dans un jardin de pêchers. C'est là, dans le petit fossé formant un périmètre naturel au verger, que se produit ce qu'il n'avait osé espérer, même une heure plus tôt. Oui, il l'aime. Sa mère lui caresse délicatement la joue, montrant clairement son intention de le réveiller. Pourquoi ? Ne s'aperçoit-elle pas qu'il est occupé ? Il essaie de faire abstraction de sa présence, mais, à trop s'y ingénier, il craque et perd le fil de son rêve. Elle s'excuse de le déranger et l'informe qu'il a reçu une lettre dont elle lui dévoile péniblement le contenu. Daniela ne viendra pas le voir comme elle le fait tous les mois. Elle ne viendra plus. Dans leur intérêt à tous les deux, c'est la meilleure chose à faire. Quand Trevor l'interroge sur la raison avancée, sa mère hésite un instant ; elle avait secrètement espéré taire cette partie de la missive. Daniela va se marier. Quoi ? À cette annonce brutale, Trevor sent son cœur dans sa poitrine se mettre à cogner comme jamais. Daniela va… se marier ? Face à sa mère, il se contient, fait mine de rester indifférent à la nouvelle. Mais elle connaît son fils et n'ignore pas qu'il en est profondément affecté, qu'il a besoin d'encaisser le coup, seul, que sa présence ne saurait lui être consolatrice. Elle lui signifie qu'en ce qui la concerne, elle sera toujours là, avant de disparaître de son champ de vision. Au bruit de la porte qui se ferme, Trevor ne réprime plus ses larmes et extériorise enfin toute sa détresse. Comme il aimerait fuir cette réalité désespérante, cruelle, infâme. Une réalité qui n'a de cesse de s'acharner sur lui et ne lui fait aucun cadeau. Les heures s'enchaînent ensuite, sans adoucir l'impact dévastateur de la nouvelle apprise. Ce n'est qu'en fin de journée qu'il finit par succomber à la fatigue émotionnelle et se laisser vaincre par le sommeil.

Trevor est sur le point de sauter du haut du pont. Sous lui, sa bande d'amis est dans l'expectative de ce qu'il va faire, ou ne pas faire. Il cherche Daniela du regard, mais ne la trouve pas. Elle n'est plus là pour le voir. Il insiste. En vain. Elle est partie, définitivement... Il se penche une dernière fois en direction de ce vide qui lui donne l'impression de l'aspirer, ferme les yeux et, sans plus aucune hésitation, saute du pont. En à peine plus d'une seconde, son corps vrillant est accéléré sous l'effet de la pesanteur et s'écrase lourdement dans la rivière, la tête la première. Après l'immersion, le silence retombe, plus oppressant qu'auparavant. Des ondes circulaires s'éloignent du point d'impact jusqu'à disparaître totalement puis... plus rien. Dix secondes en valant mille s'écoulent. Son meilleur ami se jette alors dans le Gardon pour y repêcher Trevor, qui aurait déjà dû remonter à la surface.

Il se réveille, mettant fin au cauchemar. Les yeux encore humidifiés, il se remémore les paroles du psychologue, venu le rencontrer une semaine plus tôt. Trevor lui avait décrit sa souffrance. Il avait évoqué celle de sa mère. Trevor s'était lamenté que personne ne pouvait l'aider. Il lui avait répondu qu'à trop espérer des autres, il continuerait longtemps de se lamenter. Trevor lui avait déclaré ne plus rien attendre de son existence. Il lui avait confirmé qu'attendre ne servirait à rien. Trevor lui avait dit que sa vie était finie. Il lui avait fait remarquer qu'elle s'était seulement arrêtée cinq ans plus tôt. Trevor avait conclu qu'il ne souhaitait pas le revoir. Il l'avait invité à participer à un groupe de parole à la maison des associations, à Nîmes. Trevor repense à cette maudite lettre et aux propos du psychothérapeute, tellement justes qu'il avait refusé de l'admettre sur le coup. Pourtant, sa vie s'est bien interrompue cinq années plus tôt, au moment de son tragique accident. Une bêtise d'adolescent qui portera cruellement à conséquences tout le reste de son existence.

Son meilleur ami ramène Trevor sur la rive du Gardon. Il est inconscient. Les secours sont appelés et arrivent très vite. Le diagnostic ne tarde pas à tomber : l'adolescent de dix-sept ans a été touché à la moelle épinière. Le soir, à quelques kilomètres de là, une mère apprendra qu'après un terrible accident, son fils restera tétraplégique.

La chaise 40

Chantal Estienne

La petite voiture blanche longe à vive allure la route bordée de platanes, le toit des arbres s'affole sous mes rafales, découvrant un lambeau de ciel blanc. Elle pénètre dans la nuit qui s'alourdit d'instant en instant. Descendant le versant de la montagne, le plafond nuageux atteint la vallée lézardée par les faisceaux lumineux des éclairs intermittents. Crispée, Clara se cramponne au volant ; son dos commence à être moite, mais pour rien au monde elle ne veut rater ce concert. Un coup de vent fouette le véhicule qu'il déporte sur la chaussée déformée par des amas de racines charnues. Elle doit lutter pour atteindre le sommet de la colline, les bourrasques s'enchaînent ; à la dernière boucle du virage, elle est aveuglée par un ciel métallique qui estompe tout relief. Un battement de paupière prolongé suffit à la faire dévier de sa trajectoire. Elle a juste le temps de redresser le volant.

Atteignant enfin la ville, Clara aperçoit le campanile illuminé dans des gerbes d'éclairs bleutées qui s'éteignent sur le bord des baies géminées ; en arrière-fond, le ciel disparaît sous la masse des nuages qui gonflent, enflent, s'entremêlent gris noirs crénelés de blanc, menaçants et explosent au moment où elle se gare dans le parking de la cathédrale, épuisée et frissonnante. Ébranlée par ce trop-plein d'émotions, elle frappe de colère sur le volant :

« C'est pathétique de rouler par un temps pareil, tout ça pour faire rejaillir de délicieux moments, on ne vit jamais deux fois la même chose, ça ne pourra pas être aussi intense que l'an dernier, je suis complètement idiote ». Elle gémit et soupire : « Pourtant je suis si affamée ! Est-ce mon âme qui est affamée et de quoi ? Je ne suis pas un pilier de bénitier, ni très mélomane ! » se demande-t-elle. Après cette brève interrogation, elle se calme assez vite exaltée à l'idée d'entendre à nouveau ce chant exceptionnel. Autour, les vitres des voitures sont embuées, les gens restent confinés, bien à l'abri, n'osant encore sortir. Le macadam ruisselle sous les assauts de la pluie. Clara secoue ses cheveux collés, lisse sa robe légère, applique un rouge vermeil sur ses lèvres mordues pendant cette course. La pluie s'atténue. Elle se ressaisit. Autour d'elle les portes claquent, on se précipite vers l'intérieur. Elle se hâte d'échanger ses escarpins pour une paire de tongs, attrape un vieux parapluie et se précipite à l'entrée sous le narthex où la billetterie a été déplacée. À sa grande surprise, on lui attribue la place 39, rang F, comme l'an dernier. Elle se fraye un passage dans sa rangée déjà en partie occupée, à sa droite la place 40 est encore libre, comme l'an dernier se dit-elle. Les habitués déjà installés dans les premiers rangs de la nef se saluent, s'interpellent, se sourient. Clara aime la troisième section. Il n'y a pas la routine des places réservées d'une année sur l'autre, généralement attribuée aux mécènes. Les touristes et les mélomanes retardataires occupent les places debout dans les bras du transept et les bas-côtés sont vite pleins. Les tribunes fragilisées sont inaccessibles. Tous sont subjugués en découvrant l'originalité cette cathédrale mi-romane, mi-gothique. Le premier étage est protégé par un balcon en ferronnerie estampillé aux armes de la ville, sur le second en balustres de pierres, on peut apercevoir des fresques délavées sur le plafond et au-dessus de l'entrée, le magnifique orgue à volets couleur cérusé et doré a deux grandes ailes accueillantes. En quelques minutes les souffles humides et soulagés sont dilués dans cette gigantesque nacelle.

Les roulements violents du tonnerre se rapprochent. L'air ambiant est chargé d'électricité et imprégné d'une chaleur humide, quelques femmes s'éventent, les hommes s'épongent le front. Soudain la scène s'embrase, le chanteur au timbre si particulier pénètre dans la lumière. Les toussotements et l'agitation cessent aussitôt. Il s'avance souriant, avec grâce et élégance. Le public se lève spontanément pour l'ovationner. Chacun est conscient du privilège et de l'hommage qui lui est rendu en venant chanter dans une si petite ville. Ce soir le programme est prometteur : « Les trésors des premiers opéras du XVIIe siècle. » Le grincement des instruments que l'on accorde est assez crispant, mais de sa voix chaleureuse le contre-ténor présente ses musiciens et donne quelques explications sur les instruments anciens qui seront utilisés en intermède. La lumière s'alourdit, la voix se dissout dans l'air et l'on est vite transporté entre joie et douleur ; plusieurs morceaux s'enchaînent, leur mélodie résonne sur les vieilles pierres, quand soudain un fracas terrible s'abat sur la partie occidentale de la cathédrale, aussitôt plongée dans l'obscurité ; des crépitements rebondissent sur la toiture, les murs épais sont martelés par des grêlons, comme projetés par des catapultes, des gerbes aveuglantes de feux multicolores jaillissent des vitraux.

Une clameur de surprise et d'angoisse s'élève, l'assistance est pétrifiée, le chanteur sans micro essaye de rassurer, mais sa voix est hachée par le tumulte extérieur. Le noir s'épaissit, les minutes s'allongent, s'égrènent, s'étirent, le vacarme s'amplifie. Imperceptiblement les rangs se resserrent, on veut se rassurer, on cherche le réconfort et toujours ces salves de grêle qui n'en finissent pas... Clara effrayée n'ose s'agripper à un bras voisin, elle se sent si vulnérable... « C'est un vaisseau en plein ouragan » balbutie-t-elle, les larmes aux yeux en se tassant sur elle-même. Pour résister à cet ébranlement cataclysmique, son esprit s'évade, ses pensées vagabondent hors des murs. Elle se souvient du jour où elle a reçu le programme.

Elle avait feuilleté fébrilement les pages recherchant le nom du chanteur. En le lisant, elle avait éclaté d'une joie bruyante et passionnée. S'égarant plus loin encore, elle trace dans sa mémoire l'invitation qu'elle avait soigneusement préparée pour inviter celui qu'elle suivait depuis des années dans ses voyages.

Elle lui avait dévoilé avec un peu de force peut-être, la violente émotion ressentie par le concert de l'an dernier et l'étonnement qu'elle avait eu de la sentir perdurer si longtemps. Son cœur se serre. La lettre n'est jamais partie. Le souvenir s'étiole et se volatilise, elle se recentre sur le moment présent. Sur les balustres du second étage, une main anonyme allume un à un des lumignons, ces petites flammes vacillantes redonnent vie aux voûtes obscures, l'assistance encore désorientée, soupire d'aise. L'orage semble s'éloigner et la lumière est progressivement rétablie, la tension retombe et s'estompe.

À la stupéfaction de tous, le chanteur apparaît dans un jet lumineux, surnaturel, son micro à la main et propose à l'assistance de chanter ensemble afin de reprendre pied après cette effrayante interruption, le célèbre Panis Angelicus. À l'unisson, la foule se lève pour applaudir cette initiative et entonne avec conviction cet hymne liturgique. Les instruments sont réaccordés, le chanteur reprend avec ferveur son programme, un adagio de Monteverdi aux liaisons poétiques. Impuissante, Clara ne lutte plus et s'engage sur l'échelle ténue de la voix cristalline ; une bouffée de chaleur envahit son cœur, un écheveau d'émotions lui noue la gorge, son cerveau perçoit comme un message qui lui serait personnellement dédié, une phrase pour elle seule, qu'elle goûte avec avidité, comme une grâce. Un labyrinthe se creuse en elle, ses pensées ricochent, s'entremêlent l'une dans l'autre, l'une sur l'autre, se chevauchant. Un moment de bonheur auquel elle s'abandonne résignée. Un fil de soie déploie ses brins qui s'éparpillent dans son corps, brillant comme un serpentin de fête, tendre comme une caresse. Clara se sent lumineuse, elle rassemble son énergie, se soumet à son rêve en pleine conscience, insidieusement, elle ressent une présence invisible, une onde indécise, bienveillante sur la chaise vide ; alors elle lui donne chair, façonne cette silhouette si familière, tant espérée.

Enfouissant son visage dans son chèche, elle retrouve le parfum des terres surchauffées, de l'humidité des grandes plaines, ravivant cette proximité tant souhaitée ; elle ne se sent plus seule, égarée, elle partage. Son euphorie est intense, elle en élude le danger. Tenace, elle se soumet à la magie qui transporte son esprit dans ce lieu céleste. Le dernier vibrato se tait, les bouquets volent vers la scène sortie des quatre coins de la cathédrale. Les applaudissements fusent, les ovations en crescendo n'aident pas Clara à sortir de son égarement. Incapable de bouger de sa place, ses pieds nus semblent vouloir être engloutis dans le sol mouvant des dalles fraîches. Un air doux et limpide circule quand les lourdes portes à vantaux sont ouvertes. Attiré par la fraîcheur de la nuit, le public s'engage vers la sortie et sans vergogne commence à se bousculer pour atteindre l'allée centrale. Clara toujours secouée, retient ces instants de bonheur, ne fait aucun mouvement, pouvant altérer la folle virtuosité de ses sens, elle ne bouge pas de sa place, mais la douleur l'étreint en regardant cette chaise n° 40, vide, qui n'a jamais été occupée. Un goût de fiel l'inonde mais la réalité a raison d'elle, vacillant sous le choc vif de ses émotions elle parvient à avancer pesamment vers la sortie, se délestant de l'air saturé de son trouble, elle avance sur le parvis, sondant la nuit brumeuse à la recherche de sa voiture.

Dans le faisceau d'une lumière à l'agonie, elle reconnaît la longue silhouette si familière, ce pas vif dans lequel elle aime tant imprimer le sien, qui s'éloigne sans se retourner.

Elle pousse alors un cri retenu de dépit et de joie. Il était donc là !

Crevaison

Edith Beau

Son confrère n'avait pas l'air très optimiste, Marion semblait s'être réfugiée dans un univers à part. Elle restait imperméable à toute sollicitation extérieure hormis la broderie, qu'elle pratiquait de façon obsessionnelle. La dentelle avait envahi sa chambre à l'Institut, elle recouvrait son corps, son lit, les murs, la table de nuit et l'unique fauteuil que le docteur Vialat, son époux, occupait lorsqu'il venait lui rendre visite chaque jour après son travail.

Tout avait commencé, il y avait déjà deux ans, sur cette petite départementale qui menait à Alès. À cette époque Marion et lui partaient souvent en week-end dans la maison de campagne de leurs amis.

Ce soir-là, il n'était pas tout à fait minuit lorsqu'ils avaient quitté leurs amis. Le docteur Vialat conduisait vite sur cette route étroite, soudain il sentit un flottement dans sa direction. Il s'arrêta sur le bord de la route déserte. C'est en faisant le tour de son véhicule qu'il constata que son pneu avant droit était complètement à plat.

« Zut, j'ai crevé. Il va me falloir changer la roue ! »

Il retroussa ses manches et se mit au travail. Son épouse observait les alentours. Ils venaient de traverser un petit village et la voiture était immobilisée devant le cimetière de ce village. Il faisait très sombre, on ne distinguait que de vagues contours. Le docteur s'apprêtait à repartir lorsqu'il entendit dans son dos une voix très grave.

« Excusez-moi, Monsieur ! Pourriez-vous me conduire à Alès ? »

Très surpris, le docteur se retourna. Il vit une silhouette assise sur le mur du cimetière qui lui faisait signe. Il accepta un peu à contrecœur d'emmener l'homme qui venait de l'interpeller. Celui-ci sauta prestement du mur et s'avança vers la voiture. Malgré la lueur des phares, le médecin et son épouse ne purent distinguer son visage a demi caché par un grand chapeau, mais ils virent qu'il portait un costume tout fripé de facture très ancienne. L'homme s'installa aussitôt à l'arrière du véhicule. Ils démarrèrent et c'est précisément à cet instant qu'ils comprirent qu'ils n'avaient pas entendu la portière arrière s'ouvrir et se refermer. L'homme semblait avoir traversé la carrosserie...Cette présence dans leur dos mit immédiatement le couple très mal à l'aise. Ce malaise fut accentué par le mutisme du passager et une vague odeur qui s'était répandue dans l'habitacle. Ils furent soulagés lorsqu'ils atteignirent les faubourgs de la ville. C'est alors qu'ils entendirent leur passager leur demander d'être déposé devant le grand cimetière d'Alès. Ils obtempérèrent sans un mot. Ils n'étaient pas fâchés de se débarrasser d'une présence aussi inquiétante.

L'homme les remercia et sortit, encore une fois ils ne virent ni n'entendirent la portière s'ouvrir. Ils auraient peut-être oublié cet épisode un peu flippant.

Mais le lendemain, en allant chercher la roue qu'il avait donnée à réparer, le docteur Vialat fut interpellé par l'un des employés du garage.

—Savez-vous ce que j'ai trouvé dans votre pneu Monsieur Vialat ?

—Un clou sans doute ?

—Oui c'est bien un clou que j'ai trouvé, mais c'est la première fois que je rencontre un clou de cette sorte. Regardez, c'est un gros clou très ancien dont la tête biseautée semble forgée à la main, pour moi c'est un clou de cercueil !

Il n'aurait sans doute jamais dû en parler à Marion.

L'homme idéal serait Gardois

Hélène Forest

L'homme idéal pédale toujours deux mètres devant moi. Plus proches, nous risquerions de nous entraîner l'un l'autre en cas de chute. Plus éloignés, nous pourrions nous perdre, ce que nous ne souhaitons ni lui ni moi ! Deux mètres, c'est aussi la distance qui me permet de l'admirer au mieux : l'homme idéal est beau de dos et mes yeux vagabondent sur sa nuque bronzée.

Quand celle-ci s'agite, je sais qu'il dit bonjour à un passant. Avec le vent, je n'entends pas toujours. Que l'on soit à la montagne, au Boucanet ou sur un sentier, l'homme idéal aime saluer ses congénères. Loin de toute timidité, il accroche ses yeux aux vôtres, vous qui êtes cycliste ou piéton, et son salut claironné d'une voix perchée et rieuse semble signifier "Hé ! Quelle surprise de nous retrouver là, vous et moi, dans le plus bel endroit au monde, délivrés de toute contrainte si ce n'est celle de nous oxygéner !"

Dans ces moments-là, son sourire peut faire remonter ses sourcils jusqu'à la racine de ses cheveux.
Je crois qu'il aimerait que, de retour chez eux, les gens se souviennent de lui, bel escogriffe au regard clair et de sa femme qui fait semblant de ne pas les voir.

En vingt-cinq minutes, nous parvenons au Pont du Gard. C'est toujours la même chose. La magnificence du pont et le soleil nous tombent dessus à la verticale.

À peine arrivés, totalement assommés, nous avons hâte de rentrer.

L'homme idéal prend néanmoins quelques photos, il me trouve émouvante au milieu des vieilles pierres. Sa femme sous le Pont, il en a des albums complets à la maison.

L'homme idéal veut laisser un monde beau et bio mais je ne sais pas à qui. Nous n'avons pas d'enfants. Celle qui ne sera jamais la grand-mère idéale dit parfois qu'il ne faut pas s'étonner que le moule soit cassé.

Au fil de nos pérégrinations, sa sacoche de vélo s'alourdit de tout ce que les autres n'ont pas voulu : canettes, sacs plastiques déchiquetés, cartouches de gaz se disputent ses mains et son attention !
 Le lundi matin, les éboueurs s'étonnent toujours de la quantité de déchets produite par notre si petite famille.

Sur son vélo, une nouvelle et minuscule pochette vient de s'inviter aux côtés de la grosse sacoche et, alors que nous partons de Comps, la nuque de l'homme idéal se baisse dix fois pour la remplir de masques usagés.

Je ne comprends pas encore pourquoi il les sépare du reste des ordures. Depuis le début de l'été, je tente d'obtenir de lui une halte à Remoulins.
J'aimerais, en effet, que nos vélos s'y arrêtent et que nos maillots de bain y goûtent là-bas les joies du Gardon. Sous le pont modeste de la ville. S'y trouve parait-il un endroit comme nul autre, une grande étendue d'eau avec un air léger, des mini-cascades et des couleuvres aquatiques à la langue nerveuse ! Il se murmure que la communauté sud-américaine locale y organise des agapes jusque tard dans la nuit et que l'on peut s'y empiffrer du meilleur ceviche du Gard !

Malgré œillades et gestes tendres, l'homme idéal n'acquiesce pas. L'endroit est INTERDIT. De grands panneaux rouges sillonnent le site. L'esplanade serait glissante, malodorante, ployant sous des montagnes de chaussures en plastique abandonnées. Je lui explique que Remoulins est une ville oubliée des flics et que nous ne craignons rien : personne ne viendra nous dresser un procès-verbal pour nous ébrouer dans de l'eau trouble. J'insiste, je suis flic moi-même, je sais de quoi je parle, je connais mes collègues ! L'homme idéal n'en démord pas ; il préfère le bourgeois Pont du Gard, sécurisé et éclairé. Lyophilisé.

L'homme idéal commence à me fatiguer. Ses clins d'œil enjoués aux promeneurs m'irritent.

Je ne supporte plus qu'il leur court après pour partager un peu de sa crème solaire et qu'il porte leurs vélos aux pneus crevés sur son dos. Je le surprends un lundi matin partant au travail avec un crocodile sur la gueule.

Pas un crocodile Lacoste, non ! Un crocodile nîmois cousu délicatement sur un masque que je reconnais immédiatement. Il s'agit du masque que l'homme idéal a ramassé tout chiffonné et probablement tout covidé aux alentours d'Aigues Mortes la veille. Je m'en souviens car le masque voletait, balancé par le vent, agrippé en haut d'un palmier près des remparts et qu'il avait été difficile de le récupérer.

L'homme idéal recycle les masques usagés qu'il ramasse !

Je crie. Il me précise de les laver à 40 degrés.

L'homme idéal me fait confiance une dernière fois.

À la seconde intersection avant le Pont du Gard, il me demande sans se retourner s'il peut bifurquer vers la gauche ; je regarde immédiatement vers l'arrière et quand je vois la fourgonnette électrique rouge arriver, je crie tous poumons déployés "Oui, chéri, vas-y !"

Nous sommes en haut de la colline, ma belle-mère et moi, quand nous voyons arriver une foule de robes noires et de costumes sombres. Se pressent sur le parvis de la petite église tous les gens que l'homme idéal a salués dans les paysages gardois depuis vingt ans et l'on pourrait remplir une dizaine de cathédrales. Ils sont tous là ou presque tous.

Ils ont troqué short et chapeau de paille pour des tenues guindées. Leurs joues n'ont pas leur couleur rose habituelle. Le défunt aurait tant aimé leur dire bonjour !

Une gourdasse a demandé que chacun des participants vienne honorer la mémoire de l'homme idéal avec un petit vélo fabriqué dans des matériaux durables. Certains les ont même accrochés au plafond de l'église, ersatz d'ex-voto. On se croirait à la Bonne Mère ! Ne manque que l'odeur de sel ! La cérémonie est très belle.

Les femmes surtout pleurent beaucoup. Vraiment beaucoup. L'homme idéal n'était pas seulement beau de dos !

Les hommes eux font exceptionnellement attention à ne pas jeter sur le sol de l'Église Notre Dame de Bethléem leurs emballages inutiles. Et personne n'y oublie sa chaussure comme c'est si souvent le cas au bord du Gardon !

J'occupe le premier rang avec mon nouveau compagnon et je ne peux m'empêcher en fin de cérémonie de flanquer mon masque par terre pour l'embrasser.
L'histoire ne dit pas si l'idée vint à quelqu'un de le récupérer. Chacun vient me mouiller les mains de ses larmes et m'abandonner son affreuse petite bicyclette de liège ou d'argile. Un enfant me laisse un vélo habilement tressé de réglisse et je suis tentée de lui expliquer qu'il n'a pas respecté la règle du jeu.

Jusqu'à la fin, Ernesto se tient bien droit et répond à chacune des condoléances qui m'est adressée avec intérêt, Il a dans le regard le même éclat rieur que le défunt quand il saluait une randonneuse au détour d'un bois et je me surprends à penser que j'ai décidément fait là l'acquisition du chien idéal.

Le chien idéal trottine toujours deux mètres devant moi ; hier, nous n'avons mis que vingt minutes pour rejoindre Remoulins, nous avons mangé et dansé jusqu'au petit matin.

Madame Bontant et l'immeuble de la gare

Bertrand Ruault

Madame Bontant fit une affaire. Elle dénicha un immeuble de rapport sur trois niveaux, tout en pierre, constitué de six appartements et idéalement placé à proximité de la gare de Nîmes. Grâce à la vétusté des locaux, la dynamique acquéreuse obtint un rabais au-delà de toute attente. À ce montant-là, il fallait obtenir une telle aubaine … à tout prix.

Quinze jours après l'acquisition de ce bien, la terrasse du premier étage s'effondra sur une automobile stationnée exactement en dessous. La conductrice, qui allait en ville pour une démarche administrative, dut uniquement sa vie sauve à la durée d'attente à la C.A.F. Sa voiture, qui ne cotait pas grand-chose à l'argus, ne valait désormais plus rien. La rescapée exigea un léger et légitime dédommagement, un véhicule neuf, ce qui fut refusé énergiquement. Croyant aux signes du destin, la businesswoman conseilla gracieusement à la miraculée de ne pas exposer inutilement sa vie. Elle l'encouragea vivement à n'utiliser dès à présent que les transports en commun. Elle fit en outre consolider la balustrade pour empêcher, à l'avenir, de transformer des automobilistes malchanceux en sous-pierres.

Dieu merci, cet événement qui aurait pu se révéler dramatique, ne fit pas de tort à la gérante. Elle loua au troisième palier, un T2 à un petit homme, nullement philosophe mais toutefois très bien, puisqu'il exerçait son métier dans un bureau. Malheureusement, une semaine plus tard, il perdit son emploi et du même coup la raison. Il reçut un texto de Satan, lui intimant l'ordre d'éliminer tous les patrons, actionnaires ou propriétaires qu'il pouvait connaître. Sur ce, Monsieur Bontant, bricoleur paisible, vint réparer la porte d'entrée du bâtiment. Le Pygmée dérangé, le prenant pour le symbole de la droite libérale, dévala les marches, se lança contre le pauvre hère et lui décocha un formidable coup de poing. Son épouse, voyant revenir son mari ensanglanté, envisagea des représailles. Entre-temps, l'agresseur s'était calmé. Prit-il des médicaments ou Lucifer lui téléphona-t-il d'ajourner la révolution prolétarienne ? On ne sait, toujours est-il que sa logeuse, animée par un souci de vengeance, ouvrit la fenêtre, prit le nain par le col de la chemise et le plaça dans le vide. Elle lui expliqua que son espérance de vie diminuerait considérablement, s'il continuait à prendre son époux pour un punching-ball. Effrayé de jouer le rôle d'une enseigne vivante, celui-ci déménagea au plus vite. Le Sud, le soleil, les mauresques, autant de raisons expliquant des emportements fougueux.

Il fut remplacé aussitôt par une sympathique personne, que Madame Bontant n'aurait jamais pu utiliser comme altère. Aussi haute que large, et du coup se sentant trop à l'étroit dans un seul appartement, ce tonneau au féminin voulut deux habitations, l'une au-dessus de l'autre. Pour fêter la signature du bail, on trinqua avec la barrique providentielle. Une locataire qui paye deux loyers ! Coup double ! Sauf, qu'elle n'en payait aucun. Pour aller d'un logement à l'autre, la plantureuse demoiselle empruntait les escaliers communs qui grinçaient atrocement sous l'effet du poids. Un jour, alors qu'elle siégeait sur les toilettes supérieures, le plancher s'écroula. Suite à sa descente express, toujours à l'intérieur de ses espaces privatifs, elle réclama à qui de droit quelques menus travaux. Rien ne se fit. Un bras de fer s'engagea. La dame rondelette chercha ailleurs une maison sûre et de plain-pied, laissant un arriéré à son image.

Dorénavant, l'intendante choisit avec plus de rationalité ses locataires. Elle fit visiter à un étudiant issu d'un milieu aisé, un logis dont la modeste petite cheminée recouverte de marbre gris l'enthousiasma. Bouchée pour des raisons d'isolation, le bail stipulait sa facticité. Lors d'une soirée alcoolisée, le fêtard éméché oublia cette clause et transforma l'âtre en barbecue d'intérieur. Pour évacuer l'épaisse fumée, ils ouvrirent les fenêtres, créant un appel d'air qui embrasa le foyer. Le conduit chauffa, les briques devinrent rouges, la chaleur gagna l'étage supérieur. L'appartement juste au-dessus était habité par un gentil couple sans histoire, dont l'épouse, cardiaque, se reposait dans son lit. Les autorités médicales lui avaient recommandé fermement, d'éviter les moindres chocs émotionnels, même les plus minimes. Porté à incandescence, le mur explosa. Les pompiers vinrent pour éteindre le feu du premier et ranimer la femme du second. Fou de colère, le mari de l'évanouie, muni d'un sabre d'époque, cherchait le potache pour l'occire ! Il n'y eut pas de morts, en revanche quelques résidents partirent.

Pourtant, la quinquagénaire ne tint pas rigueur à la jeunesse et continua à établir des baux à des élèves de B.T.S inscrits au lycée attenant. Elle éprouvait une affection particulière, tendresse quasi maternelle pour l'un d'entre eux qui cultivait des herbes aromatiques sur son balcon. Il devait être un fin cuisinier, choisissant avec soin ses propres aromates pour préparer des sauces raffinées. À toutes ses amies qui prétendaient bêtement que les jeunes ne savaient plus cuisiner, elle ne tarissait pas d'éloges sur « son chef étoilé en herbe », jusqu'au jour où elle s'aperçut que la sarriette et la marjolaine ressemblaient étrangement à des pieds de haschich. Il est bien difficile de maîtriser aussi bien la gestion immobilière que l'horticulture.

Pour succéder à l'herboriste amateur, la gestionnaire avisée loua à une grande dame élégante qui travaillait à deux pas de là, dans une boîte de nuit. Elle arrondissait ses fins de mois en vendant ses charmes. Ce qui gênait la femme d'affaires, ce n'était pas son immoralité mais son absence de discrétion. Un groupe d'individus se tenait dans la rue. Lorsque certains clients lambinaient, les suivants dehors piaffaient, s'excitaient, doublaient la queue, expression véridique quoique malheureuse, et se querellaient. Régulièrement, les huisseries, véritable exutoire de ces messieurs trop impatients, recevaient des coups de couteau. L'imperturbable Monsieur Bontant réparait les dégâts le lendemain. Malgré ses revenus supplémentaires, l'entraîneuse se dispensait de régler son mois. Tous les efforts pour se débarrasser de la locataire victime de son succès professionnel furent vains. Non seulement le manque à gagner devenait conséquent, mais elle risquait une condamnation pour « proxénétisme hôtelier », délit punissable jusqu'à dix ans d'emprisonnement et de sept cent cinquante mille euros d'amende. Pour éviter que la justice ne la rattrapât, l'honnête citoyenne prit les devants et intenta un procès à la fille de joie. Le jour de l'audience, pour rivaliser avec la péripatéticienne, Madame Bontant s'habilla de façon osée. Elle savait bien que le juge, derrière ses lunettes noires, lorgnait à la dérobée son décolleté plus que suggestif. Sa généreuse poitrine pesa lourd dans la balance d'autant plus que la professionnelle de l'amour s'était travestie en dame respectable. L'encombrant personnage n'eut pas gain de cause et finit par partir. Plusieurs mois plus tard, Madame Bontant apprit que le juge, soi-disant hypnotisé par sa gorge profonde, était aveugle.

Parfois, la rusée capitaliste louait à des personnes qui payaient leurs dus. Pour exemple, ce charmant ménage espagnol, parfait à tout point de vue, hormis leur engagement politique qu'ils avaient oublié de mentionner sur le bail. Un jour, de très bonne heure, le G.I.G.N. donna l'assaut aux deux activistes notoires de l'E.T.A. qui avaient dû fuir bien loin de leur base. À force de bricoler cette porte d'entrée en ajoutant des vices, des plaques de fer, des écrous en tout genre, ce récupérateur de génie l'avait dotée d'un authentique blindage. Elle résista vaillamment à la troupe d'élite de la gendarmerie. Ironie du sort, c'était précisément le matin où les Bontant prévoyaient de récupérer le loyer du jeune schizophrène qu'ils hébergeaient. Du fait de son dédoublement de personnalité, il pensait de bonne foi être le propriétaire de la bâtisse. Pour l'intimider et l'exhorter à éponger ses dettes, le prudent artisan amena avec lui le fusil de chasse de son grand-père. Devant le porche criblé de balles, une cinquantaine d'hommes cagoulés menaçaient les délinquants politiques d'une attaque imminente. Pétrifié par la surprise et la peur, le réparateur polyvalent se rendit, levant bien haut son arquebuse.

Au vu de l'arme à feu de la guerre quatorze, on accusa les Bontant de trafic d'armes. Durant leur garde à vue, ils justifièrent qu'ils n'avaient aucune accointance avec les séparatistes basques car ce n'était pas avec des armes ayant fait les Dardanelles que l'on approvisionnait les réseaux terroristes. Madame Bontant pensa un court instant, qu'elle n'avait pas eu de chance avec « l'immeuble de la gare ».